주어진 날들이 물처럼 흘러가기를

소통과 힐링의 시 22

# 주어진 날들이
# 물처럼 흘러가기를

임규택 시집

# 서시

고요를 안아 적막을 잠재우는 산방은
소리를 내지 않고
나무를 키우고 꽃을 피운다

서로는 색깔과 흔들림으로 교감하며
찾아드는 햇살의 기별로
우듬지에 올라서는 오늘을 함께 만난다

호미 끝으로 전하는 산방지기의 심상은
텃새들의 날개로 상상을 오르내리다
맨드라미 꽃술에 닿아 언어의 씨로 뿌려진다

다시 돌아오는 봄날!
베풂으로 사람 사는 이야기를 새기고 쌓아
시편을 싹틔울 꽃밭에서 기다리고 있으리.

**1부** 어쩌다 여기까지 흘러들어
그리움이 되었을까

## 2부   주어진 날들이
          물처럼 흘러가기를

## 3부 선 채로 지키는 약속
## 천 년을 그려내는 풍경

# 4부 소생의 풍요로움으로
## 나이를 사랑하는

## 참살이

지울 것 없이 소유를 향해 달려온 날들이
빛나는 열정도 가치도 아니었음을 알았으니
허물을 벗고 지우며
오롯이 늙어가는 자신을 바라볼 수 있는 바램은
"주어진 날들이
물처럼 흘러가야 하는 이유입니다."

# 1부

어쩌다 여기까지 흘러들어
그리움이 되었을까

# 나에게 보내는 연서

나이 듦을 안타까워 마라
지나가버린 날은 그리운 대로
깊이를 헤아려 강으로 흘러들었을 물살이리라

바람처럼 떠돌았던 드난살이
밉기도 나무라기도 하였겠지만
기억의 간격을
비탈진 곳으로 펼치면
바다가 등 내어주는 갯골이 황혼일 것이네

꽃은 웃으며 피워도 웃음이 없고
새는 울며 날아도 눈물이 없다 했듯이
자네에게 보여주었던 삶이
무슨 부끄러움이 있었을 텐가

늙어가는 일이 허무의 탓만은 아닐 터이니
들녘처럼 익어서
물들다 시들고 떨어지는 애틋함도
아름다운 성찰이었을 것이네.

# 소금

들물이 삶이 되어
갯벌의 한숨으로 햇살이 내어놓은 길
세월을 삭히기 위해 바람으로 피워 올린 꽃
염전은 한으로 절은 가슴이었고
소금은 어머니의 애간장이 되었다.

## 강변역 포장마차

내일이 아름다워야 할 꿈이 있어
날마다 낭만이 알을 품다 떠나는 둥지

주머니가 가벼우니 눈치가 비껴 앉고
행선지를 모르니 배차시간도 없다
들어서면 그곳이 노선이요 길이다

경적으로 신음하던 백열등이
갈증을 불러 모은다

환승의 잰걸음들이 쉬이 오르고 내릴 수 있어
훈훈함이 엄마의 품속 같다
끼워 앉은 엉덩이 구수한 사람냄새

사정이 낯설 바 없어
도깨비가 풀어내는 세상 사는 이야기
역사가 흐르고 넋두리가 쏟아지고
아파했던 날들이 바람처럼 사라진다

# 산다는 것

가슴은 오늘도 바닥에 있어
생각을 어제의 살가움으로 쌓으니
마음이 내일 같아 설렘으로 부풀어 오른다.

# 울타리

가까운 자매는 더러 보이고
멀리 있는 형제는 그리움도 좁아진다
외갓집은 책 속의 그림이며
떠나 온 고향은 아린 가슴이 되었다

먹고 사는 일이 삶이라지만
본능이 순리를 초월하여 풍요 위에 있으니
나누고 부대끼고 보듬었던 체온이 식어간다

가족의 관계가 경계로 변화하는 혼돈의 심연
드물게 나누는 안부마저도
예견의 해소를 쫓아
어색한 재치로 위기를 넘어야 한다

배려의 순서가 현실의 가치이기에
이웃이 사촌보다 살가운 사이
혼술, 혼밥, 혼잠이 낯설지 않는 세상
황혼의 바램이,
가화만사성의 머리띠를 두르고
싸릿대로 이어진 울타리를 지키며 산다.

# 내 안에 있는 너

내 안에 길라잡이, 앞서 걷는 너는
염치없는 기다림이며 그리움이고
희망이며 봄날이다

내 안에 치유, 전령으로 들락거리는 너는
상상의 나래로 응시하며 읊조리고 노래하며
집짓는 시다

내 안에 유랑, 역마살을 더하는 너는
염분 없는 눈물이요 타다 남은 잿불이며
향수로 덜컹거리는 삼등열차다

내 안에 둠벙, 풍경이 되어버린 너는
물방개 청개구리 미꾸라지의 요람
가뭄에도 물꼬 없는 쉼터이다

내 안에 숲, 늘 푸른 소나무 당신은
비와 눈과 바람으로 살다 가신 침묵
내 안에 내가 많아 먹먹한 가슴이 힘들다.

# 편지

무엇이라 적으면
생각이 마음으로 닿아
한 폭의 수채화로 보여질 수 있을까
읽다가 지우고
부치려다 구겨버린 유년의 숨바꼭질

유치했으나 풋풋함이 있어
집착이 흠모의 의상을 입혔으니
편린의 눈엔
신호등 색깔이 물감의 전부였을 순수….

아직도
속내를 다 비워내지 못한,
바람 빠진 풍선이 되어
나뭇가지를 매달고 섰으니

아득해진 기억은
펜촉의 설렘으로 변함이 없어
그리움을 쌓고 돌아 시가 되었네.

# 고요를 나누다

유리창 속이
아득한 날의 파노라마가 된다
고요속의 응시
인기척에 놀란 거미 한 마리가
그물을 엮다 내려다본다.

낯가림이 없어
들킨 마음은 네가 나인 듯
모습을 풀어내는 틈의 간격을
바람에게 들었다며
그리움의 두께를 일러주기도 한다

보이는 만큼 얄팍해지는 허공
집착의 끈이 느슨해진다

인고의 무게를 아는
처마에 이어진 씨줄의 인장력은
내일도 오늘 같을 거라며
꽁무니에 노을을 숨겨 넣는다

억지의 바램은
포박이어도 만남이 될 수 있을까
적막의 여백이 해거름으로 들어선다.

# 가을에

무게를 내려놓는 안타까움의 시작이다
거침없던 볕살이 풀숲에 주저앉고
순환의 다그침이 고추잠자리로 윙윙거린다

어쩌다 여기에 이르렀을 계절
서걱거리는 귓가에
소모의 탄식이 함께 울자고 들어선다

유난히 짧았던 봄도
폭염의 열대야도
마음이 감사했음에 넘치는 날들이었다

비우고 내려놓고 나누자 했던 사무사思無邪

또 한 번,
과수원지기가 되어
청명하고 높은 하늘을 이고
눈 오는 날의 이야기들을 따고 줍고 담아야겠다.

# 겨울밤이 깊어지면

기별이 멀어진 얼굴들이
담벼락에 목 떨군 해바라기처럼
달빛으로 내려앉았습니다.

배춧잎에 굴 한 점 얹어
막걸리 한잔을 기울이니
마음은 남녘 바다에 통통배로 전전거립니다

비린내를 잊어가는 포구
네온사인 불빛에 졸고 있는 오류도
내일을 일으키는 별들만 초롱초롱 합니다.

# 복하천, 가을을 거닐다

흩어지는 잎들이 섧구나 싶어
어둠속에 숨겨 놓았던 마음이
동굴을 빠져나와
어느 한적한 들판을 거닐다
허수아비가 되어
휑하니 바람을 비껴 세우고 서 있으니
공활한 하늘이
민낯의 봄으로 다시 돌아올 것이니
햇살에 겨울을 묶어
다독이며 기다리고 있으라 한다.

# 망팔, 2021

봄!

소생의
길고 길었던 연둣빛 기다림이
휑허케 산벚 잎으로 흩어지고

여름,

젊음이라
바람으로 아픔을 흔들며
숲에 이르러 그늘이 허허로웠지만

가을?

꿈을 지고
정상을 오르며
머물 곳을 서성이다 고요를 품었으니

겨울.

허수아비와 동무하는
과수원지기를 위로하며
나뭇가지에 걸린 연이 되었다.

# 코스모스가 되었다

섬을 닮아가고 있는 나의 얼굴
마음은 밀려온 선풍기 날개가 되었다

어쩌다 여기까지 흘러들어
모래톱에 묻힌 그리움이 되었을까
묵언의 더께만 쌓여
잊어버린 더위와 잃어버린 초록이
팔랑개비를 돌리며 굴레를 지운다

지나간 여정들은 되돌아 갈 수 없는
고립속의 연민
기억을 돌리려 바람을 불러들이는
한 송이 코스모스로 피어올랐다

달갑지 않은 계절, 또 한 번
단풍이 정경을 안겨다 준다면
이울어도 뽐내고 싶다
아파도 흔들리며 아름답고 싶다.

# 동지冬至

꼬리를 흔들어 보이며
손사래만 내저었던 긴긴 밤들이
객귀 몰이에 어둠을 풀어 놓고
빗장걸이를 내려놓는다
수탉의 울음이 수은주를 토닥거리는 새벽
무쇠 솥뚜껑 위에 아른거리는
옥양목 하얀 앞치마 두른 어머니
팥죽 저으시던 주걱의 온기가 그리워진다.

# 백목련, 봄을 기다리다

풍장 된 꽃잎을 찻잔 속에 띄워놓고
볕살을 업어 우듬지를 바라다본다
가지마다 솟대에 앉은 오리의 염원을 실어
흐드러지게 살았던 봄날의 찬란함을 음미해본다
백발의 붓 끝에 스무 해 겨울 이야기를 담아
시편의 불씨로 묵향을 피워 올린다
겹겹이 쌓았던 연정이 시리고 안타까워도
껴안은 꽃봉오리가 아직은 너무 여리다
기다림이란 색을 감추어도
빛이 있어 한 곳을 바라보는 것
소생이 가까워오는 길목은 신비의 소리가 있다
계절은 왔던 길을 바람으로 지우며 돌아오고
생명들은 흙의 기억으로 다시 노래할 것이다
묵언으로 읊어놓은 순백의 연가를.

# 봄이 재잘거리는 곳

  쥐똥나무와 회양목은 봄이 쉬이 오지 않는다는 것을 잘 안다. 서로 서 있는 이유야 닮았다고 생각하지만 삭풍을 비켜 세우는 방법은 목적이 다르다. 쥐똥나무는 산방의 경계를 지키는 울타리가 되었고 회양목은 꽃밭을 품어 안은 병풍 속의 그림이 되었다. 먼저 봄을 부려놓는 전령사라 자랑하지만 연두색 눈을 틔우고, 갈초록 눈곱 꽃을 피우는 방법이 다르다. 산방이 보람으로 함께해온 동행의 날들이, 알몸의 쥐똥나무 숲은 민들레 노랑볕살을 군데군데 키워올리고 회양목 눈곱 바다는 벌들의 파도로 윙윙거린다. 봄은 순서로 느끼는 것이 아니라 소리와 색으로 즐기는 군무의 향연이다.

# 회향懷鄕.6

바다를 두고 떠나와
돌아가지 못하고 숲에 사는 별이 되었다
품안에 섬을 가두지 못하여 잃어버린 고향은
솔바람 소리가 파도처럼 밀려오는 가을이 아프다

젊음이 바람이었기에 그리움은 낙엽으로 구르며
머물렀던 곳마다 멍울만 남겼으니
순간으로 영원을 살려고 했던
과오의 문을 걸어 잠그지 못하여 앓고 있는
귀소본능

기억이 박제된 용두산 공원
코밑의 기찻길이
누런 땟국으로 웃고 있는 사진 한 장
그때가 다그침의 시작이었을 것만으로도 회향은
지나온 길을 되돌아보게 하는 두드림이다.

2부

주어진 날들이
물처럼 흘러가기를

# 자화상

낙엽과 바람과 텃새들의 합주가 감미로운 나절
장끼 한마리가 무대를 가르며 날아오른다
인적을 숲으로 보듬어 안았던 귓바퀴에
번견의 시샘까지 더하여 고요가 쓸어 담긴다
풍경이 놀라 떠나간 산방
겨울비 집적거리는 유리창 가장자리에
결핍의 시선이 성에를 닦아내고 있다
주목받지 못하는 또바기 자유….
망중한의 농도가 숙성의 이야기로 부글거린다.

# 산방지기가 그리는 수채화

주어진 날들이 물처럼 흘러가기를,
나그네의 눈으로 풍경을 바라본다

바람에 묻어온 시절인연도
스쳐만 가는 만남이 아니었으면,
낯가림에 붓을 적신다

나눔과 소통의 물감으로
일탈의 색을 담아내는 캔버스
텃밭은 어머니의 그리움이고
낮달은 외갓집의 등불이 되었다

톱니같이 돌아가던 둥지를 벗어나
짧은 여유에서 얻어진 기쁨이
내일을 바쁘게 살아도 괜찮을 명분이 되었기를….

모두가 떠나간 일요일의 오후
여운이 서성거리는 가슴에
감사의 수채화가 걸린다.

# 아버지가 그립다

장마가 뙤약볕에 숨을 고르는 날
마로니에 나무그늘로 내 유년을 불러 앉힌다
마음은 하늘에 닿아 구름이 되었다
산 그림자 걷다 멈춘 범냇골* 안창
천수답 다랑이 논, 그곳은
권위로 나락을 키우는 아버지의 성역이었다
미끄러진 시험성적 때문에
몸으로 대신해야 했던 노동의 반성문
피뽑기 멸구박멸 애처로운 시선은 사랑이었다
논두렁 도타워지는 삼복의 계절이 오면
통신표에 묻어 있는 손도장의 섭섭했을 한숨
들창코 왕집게발 아버지가 그리워진다.


* 부산 범일동 필자가 태어나고 자란 마을

# 괭이

사립문 담벼락에
분신처럼 걸려있었던 괭이 한 자루

논길 오르던
지팡이요 길동무요 숨소리였을
끼니의 신앙이었다

계절이 나락의 땀방울을 헤아리는 동안
물꼬를 터고 바꾸는
다랭이 논배미의 수문이기도 하였다

시대의 간극이 쓸모를 다하여
주인을 그리다 녹 쓸어 버린 날刀….

과유불급이
눈대중이 아니었음의 소신을 지키며
자루 잃은 고철이 되어
시간을 버리고 있는 아버지.

# 어머니


우주의 수수께끼를 낳아
동그라미 완성을 억겁의 시간으로
삭히고 지우며 살아온
삶,

어둠을 밝히려 행방을 지우다
자전의 노고를 미소로 뿜어내는
그리움의
빛,

선택의 여지없는 궤도를 돌고 돌아
하늘에 띄워놓은 얼굴
당신의 이름은
달.

# 금혼의 약속

십 원짜리 엽서 소인에 찍힌
구릿빛 초상
하오의 초대에 라디오 주파수는
텔레파시의 날개를 얹은 바람이었다.

여름에 만난 사람 가을이면 가버리고….
사랑은 계절 따라,
군사우편은 노래를 실어 갔다
핑크빛 연서로 되돌아왔다

만남은 소풍이 되고 인생이 되었다
반백년, 서로 부대끼며 닳은 조각
가지런히 땋아 내린 두 갈래 댕기머리에도
풋풋했던 까까머리에도
백발의 수수께끼만 남았다

주어졌던 날에 감사하자
둘이라 금혼의 약속을 지킬 수 있었으니
시월이 가고 또 와도 다시 봄을 기다리자
오늘처럼 아침을 함께 일으키기 위하여.

# 일흔 번째의 봄

드물게 맞으려 하니
느낌이 시간을 질러서 왔네
새로 오는 봄이 희망이며
젊음이 아픔이라면
돌아오는 봄은
연륜에 안도하는 여정의 귀띔
소풍인 듯 살아
보물찾기처럼 흘려보낸 날들
사월의 기다림은 겸손을 더하고
산방을 지키는
산도화의 영롱함이
꽃샘도 반가워 바람살을 품으니
앵두나무 가지마다 입술이 눈부시다.

# 아내의 바다

생각에 파랑주의보가 발효된다
표정이 술렁거리고 있다

나긋하고 그윽했던 얼굴에
눈꺼풀의 깜빡거림이 썰물의 허무처럼 보인다
말을 만들어 내뱉고 싶어 하는 눈치이지만
행동으로 잘 옮기지 않는다

가끔씩,
분별할 수 없는 소리를 옹알거리며
한계를 저울질하다 기억이 언짢아지면
시야를 고정시키고
한 곳을 멀뚱멀뚱 바라보는 습관이 생겨났다
어부가 수평선을 응시하며
부표 찾기에 집중하고 있는 모습이다

내려놓은 그물이 풍랑에 떠내려가지는 않았을까
손은 따뜻하고 가슴은 뜨거웠으나
머리는 다시 물때의 벽에 부딪친다
아내의 바다에는 언제나 바람 잘 날이 없다.

# 반백년의 더께
- 아내의 고희를 맞아

물길 따라 흐르다 시간이 휘었습니다.
굽이굽이 할퀸 등골에
둔덕이 먼저 자리하여 있습니다

가슴으로 적시다 강을 이룬
눈물방울 방울들

쉼없이 낮은 곳으로
자신을 지우며 버린 묵언의 옹이
꺾어지지 않으려 뼛속까지 비워낸 결핍들이
출렁다리 안고 누운 바다가 되었습니다

바쁘지도, 깐깐하지도, 소탈할 줄도 모르는,
노여움의 동굴을 걸어온 사람
별과 달을 잃어버린 한 여인의 우주

희생에 감사하며 고맙고 행복했어요
다시 태어나 우리 또 만날 수 있다면
돛배의 노가 되어 당신의 바다를 지키리오.

# 둘이는,


길을 헤매다 바다를 두고 떠나와
섬이 되어 만난 인연은
비린내가 좋아서 파도를 다시 안았다

부침의 멀미에도 흔들리지 않았던 것은
숨비소리 가까이 들을 수 있어
들숨과 날숨의 조화로 지켜낸
서로의 믿음 때문이었지

둘이는,

눈썹달이 사랑으로 채워놓은 화원
뷔쏭의 언덕에 아름다운 꽃을 피우고
탐라의 얼을 품은 행복의 집을 지어

바람과 돌과 어머니의 신앙으로
신랑이 되고 신부가 되어 백년을 하루같이
예술로 꿈을 펼치는 최고의 원앙이어라.

# 맏딸의 생일
- 2월 28일


언제나
봄을 기다리며 살고 싶어
이틀과 사흘도 내려놓았지

초록의 박동
체온으로 느끼다
색깔로 마주한 삼월


너도
나도
우리 모두 기억 속에 아름다운
날.

# 시원이* 마법사

제비꽃, 눈웃음으로
물레방아 돌리듯 쏟아놓는 재롱들이
여독을 한 번에 녹여내는 마법이었지
낮은 곳으로 흘러가는 사랑이
수정 같은 바램이기에
뒤뚱거리며 칭얼거리는 변덕에도
돛배 따라 쫓아가는 바람이어 좋았다
고사리 손으로 움켜쥐는 바지가랭이는
봄볕보다 살가운 정감이라 행복이었다
심술도 예쁜 짓이고 억지도 귀여움이니
무럭무럭 자라나며 건강으로 되돌려다오
귓속에 담아온 울음소리 숨소리마저도
하루하루 꺼내어 감사하게 들어볼게
꽃길에도 아파라 탐라의 소식.


* 손자의 이름

# 시원이에게
- 첫돌을 맞으며

역병의 소용돌이가 모두를 힘들고 지치고 우울하게 하였음에도 소리와 영상으로 듣고 바라보며 폭풍 성장한 너의 365일은 모두의 가족 친지들에게 탄생의 신비와 위대함을 안겨준 축복이요 아름다운 교감이었다. 2021년 2월 24일, 첫돌을 축하하는 모두의 기쁨이 하나로 승화되어 임시원의 율도국을 찾아나서는 기개와 용기에 벅찬 설렘의 박수를 아낌없이 보낸다. 부디 건강한 몸과 마음으로 슬기롭고 지혜로운 사람, 네가 제일 좋아하며 즐길 수 있는 꿈과 학문의 세계에 다다르는 꽃길이 활짝 열리기를 간절히 염원하며 먼 훗날, 별에서 온 승자가 되어 이글이 네 젊은 날의 살가웠던 이정표의 체온으로 오래오래 가슴에 남아있기를 소망한다.

# 두 볼 자손

손바닥에 천방지축 영상속의 개구쟁이
미소가 인사이고 이름이며 관계다, 고로
도깨비로 바다를 건너다니는
내 영혼의 지배자다

눈짓과 옹알이에 깃털을 실어다
은폐와 엄폐의 밀당으로
구연동화 허옇게 쏟아놓다가
물거품으로 횅하니 되돌아간다

닿아서 느끼지 못하는 그리움이어도 괜찮다
마주하며 바라보는 시간이 행복이었기에….

# 두리반

몫을 비우고
가족의 이름으로 채우는 자리
고희가 티켓이 되었다

드물어 그리운 푸르던 날의 회향
댓돌 같은 속내를
민낯으로 드러내고 싶은데

새소리에 묻힌 갈바람의 궤적이
물소리에 잠기지나 않았는지
액상에 둘러앉은
손가락들의 지문을 살피는 중이다

고개 끄덕여 주지 못했던 세대의 가치
지나온 시간보다
남은 날들이
더욱더 아름다워야 할 이유임에,

아는 만큼 보이는 길을
어느 계절의 눈으로 바라보면
함께 우리,
오롯이 걸어갈 수 있을까.

# 회향回鄉.7

휘어진 삼복도로를 허리춤에 끼고
범냇골을 가슴에다 묶어
오륙도와 동백섬을 밤차에 실었다

긴장으로 뒤척이는 차창 밖으로
손에 쥘 듯 반짝이는 별들을 헤아리다가
서울역에 부려 놓았던 꿈의 보따리

날개를 얹고 싶었던 바람의 노래는
메케한 연기와 쫓기는 함성의 저항으로
민주화의 감기 몸살을 함께 앓으며 살았다

낮달 속에 숨겨 놓았던 쪽빛바다
양철지붕 옛집은 간 곳이 없고
재개발이 넓혀놓은 때문은 골목길만
기린의 목 닮은 가로등들로
아득해진 청춘의 기억을 밝히고 서있구나.

# 3부

선 채로 지키는 약속
천 년을 그려내는 풍경

# 해질녘의 소망

남아있는 하루하루를
6℃ ,☏,♪,♡
함께하는 너털웃음이라면

# 잉여에 대한 고찰

통금의 배웅을 받은
한 잔의 맥주거품이 가진 것의 전부였다
야간열차가 부려놓았던 아득하고 서러웠던 청춘
촘촘히 꿰어 맨
마흔 아홉 한 땀 한 땀은, 홀연히
성기고 뜬 걸음으로 목적을 선회하고 말았다

초심으로 새긴
약속에서 묶이고 싶지 않아서였다
무엇을 주저하며 꺼려하고 아파했는지
내 안의 네가 싫어 낯선 모습으로 변하고 싶은
걱정과 우려의 쉽지 않은 선택이었다

들꽃처럼 피고 지는 산방지기의 소풍
감사로 가꾸어가는 자연과의 어울림들이
작지만 오롯하여 즐거움으로 여물었다
화살처럼 날아 흩어진 부침의 풍문들

저울에 얹어 놓으면 넉넉할 수 있을까 싶어
잉어의 눈금을 조심스레 헤아려 보았다
숫자에 산화된 무게가 주판알처럼 어른거리다
얄팍해진 손바닥을 내밀어 보인다

욕망이란 혀를 차면서도
채울 수 있다는 기대로 포장된 유혹인가 보다.

# 꿈속, 해운대를 가다

해무의 마중을 받으며
미포항이 벗어놓은 미역과 파래를 건져
해장국을 끓이고
대선소주 한잔으로 속을 달래며 기억을 줍다가

모래톱에 새겨진
이름 없는 발자국 따라
돈연한 얼굴들의 퍼즐을 맞추어 보다가

허리춤에 덜컹거리는
완행열차에 올라
동해를 끼고 수확여행 불국사를 달린다

달맞이고개 터널을 나와 갯바위
병풍처럼 둘러쳐진 청사포에 이르면
눈부신 햇살에 두 손을 모아
코흘리개 늙은이들의 안녕을 기원한다

다시,
되돌아가고 싶은 해운대….

너울은 평화로운데
마천루에 놀란 잠꼬대 소리가
옆자리, 새벽을 일으키고 말았네.

# 풍경, 주안역 79

선택의 여지없이 둥지로 받들었던 곳
통금이 끌어다 놓은 철길위의 탄광
동해를 달려온 무연탄 화차들이
새벽을 부리며 아궁이를 찾아 나서고 있다

19공탄의 이름을 달아 아랫목을 데우기까지
어둠을 까맣게 폐부로 쌓아 올리는 노동
올라 가거라, 내려 오너라,
선로를 들락거리느라 지친 메가폰
졸음을 얹은 역무원의 세레나데

삽질의 구령 소리들이 정겨웠던 창
침목을 베개 삼은 여섯 식구의 아파트
초조함이 낯선 얼굴들을 고마워하느라
향수는 잠꼬대의 변명이 되었다

어제를 털고 나온 민초들의 안녕이 들러갈
육교 밑 포차에 백열등이 켜지고
사이렌 소리에 잠겼던 개찰구의 문이 열린다
인적을 실은 덜컹거림의 진동이 번져온다

뿌연 시야가 은빛 설렘으로 두근거린다
쏟아져 나온 발길들이 모이는 곳
희망을 되뇌며 꿈이 있는 종종걸음으로.

# 광화문, 둥지에 알을 품었던 날들

꿈을 좇는 발걸음은
두려움을 지우며 새로운 길을 낸다
격변기를 살아온 사람들에게
인연이라는 만남의 의미는 살가운 감동이었다
광화문에 틀었던 ˚한수회의 둥지는
걷다가 만난 사람들 끼리끼리
거친 숨소리, 초조와 불확실을
가슴으로 품어준 체온이었다
서로 수단과 방법이 다름을 이해하면서
하나의 목적에는 세대와 나이와 색깔을
인정하고 공유하는 도반이었다

시대의 열악한 경제 환경을 스스로 극복해내며
이 나라 상하수도 기반시설 구축의
선봉이었던 역군들
국가 발전의 미래를 호흡으로 함께 바친 증인들
이제 한수회는 아름다운 사명을 다하고
나이를 사랑하기로 했다

광화문,
둥지에 알을 품었던 날들을 회상하며
한 장의 흑백 세월을
사진첩에 끼워놓고자 한다.


* 한국수도개발회의 명칭

# 별명의 이해와 오해

미군모포 멜빵바지 뒤코 터진 검정 고무신
게게한 얼굴에 말라붙은 코딱지
까까머리 유년, 누렁 기찻길

메뚜기 개구리 손 안에 있고 숨바꼭질 다망구
골목골목 굴렁쇠 전전거리기 좋아했던
날쌘돌이 소년, 우체부 아재

계산 암산 빠르고 달변에 귀동냥 질펀한 끈기
이쪽저쪽 눈치 안보고 입바른 소리 잘하는
깡다구 청년, 총기쟁이

서러운 타향살이 버리며 비우고
내려놓은 욕심 보따리
전원에 둥지 틀어 팔등신
색소폰 시심으로 넉넉했던
열정의 장년. 한 발 앞잡이

청바지에 서니커즈 반백의 장발
주근깨 검버섯 지우고 또 지워도
어제가 오늘이고 오늘이 내일이다
인생 칠십 고래희 망팔이 한창이니
나이 사랑 늙은이,
동안이라 우겨도 어림없는 꼰대.

# 몸으로 나눈 하루의 인연
- 농아인 손님들과의 만남

티없는 미소와 청순함이 더해져
기해년 마지막 토요일, 어둠이 내려앉는다
몸이 천근이면 눈이 구백 근이라 했지만
입과 귀의 소통은 안중에 없었다
손으로 말하고 표정으로 듣고 읽었다
모두가 오래전 만났던 이웃처럼
겸손도 부끄러워 양보마저
손사래로 비껴 세운다

싱글벙글 꿀이 뚝뚝 해넘이 식탁위에
우정이 차려지고 사랑이 가지런하다
불편하지 않을까 하는 예상은
나의 편견이었다

장애란 타고난 것이 아니라
극복의 대상일 뿐이었다
조바심이 뉘우침으로 바뀌고 있었다
나의 배려가 안타까움의
까닭이 아니라는 마음이
그분들의 가슴에 함께하기를 바란다

세모의 의미를 되새기게 하는 만남이었다
환경이 어떠냐가 행복의 조건은 아니었다
뜻한 바대로 몸이 움직일 것이라고 믿는
긍정의 메시지가 나눌 수 있는 체온이었다

소확행의 초대,
산방지기의 감사한 송년이었노라
오래오래 기억하고 싶다.

# 마침표를 남기다
- 수우회 모임을 종료하면서


암울했던 날들의 두려움이 있었지만
서로는 살아가는 목적이 닮았기에
손잡고 의기투합하여 걸어온 40년
고향을 버리고 가난을 넘어
민주화의 함성과 불확실의 갈등 속에서도
열정이 신념이요 희망의 전부였던 청년들,
한 방울의 물이
삶의 위대한 원천이라는 사명으로
산수傘壽를 뚜벅뚜벅 외길로 걸어온 궤적
이 나라 상하수도 산업의 선봉장으로
소임과 족적을 유감없이 남겼으니
이제 수우회는
세대의 흐름으로 의미의 몫을 다하고
숱한 이야기와 아쉬움을 뒤로한 채
약속의 시간에 아름다운 마침표를 남긴다.
- 1980.7.12-2018.11.12.

# 백수 진술서

얼떨결에 떠나온 소풍,
출구로 몸과 마음이 선택한 귀촌이었다
민낯의 시선을 감수하고서라도
불면과 허우룩함에서 헤어날 수 있다면
주저 없이 치러야 할 대가일지니 하였다
낮달과 동무하다 별 밭 지키는 일상이
긍정과 어우러지는 빌미가 될 것이라 믿었다
푸성귀와 주고 받았던 밀당의 귀엣말들
흙과 땀은 새로워진 나를 찾아주었다
돌이켜보는 백수 이십 년,
잠깐이었다 싶은 시간들이 꿈결처럼
저만치 흘러 노을 속으로 다가가고 있다
남겨질 이야기들은 아쉬움의 빈 날이 아니라
한편의 시로 기억될 옹골진 인생이었다.

# 정자나무
## - 단드레 마을


내 장년의 봄은 느티나무 아래에서 꿈을 꾸었다
시도 때도 정해놓은 자리가 아니었으니
낯가림에 수줍던 소통의 품이기도 하였다

신록을 두르고 그늘은
안부와 소문을 불러들인다
땀을 지우려 오는 바람도, 한 잔의 막걸리도
농심의 바램을 앉히고 숨고르기를 함께 해준다

때로는 옛날을 불러오기도 하고
섭섭함을 곱씹어 묵은 이야기를
소환하기도 하지만
마을의 역사를 나이테에 새기며
연륜이 주는 성숙함으로 자웅을 겨루기도 한다

나들목을 지키려 그렁대며 사는 인연은
한 곳을 시각으로 이십 년을 맞아 주었으니
과거와 현재를 아우르며
미래를 바라보는 남아있는
푸르름의 계절이 되었다.

# 들깨 밭이 있는 골목

골바람이 가로등을 지키고
어둠이 들깨를 키우는 동안
가을밤의 골목은 그림자를 잃어버렸다
알알이 속삭이던 꽃술에 눈이 없어
인적은 빛을 버리고 소리를 안았으니
귀뚜리울음 더하여
묵은 귀 더듬이가
별에 기대어 깻묵 덩어리를 헤아리고 있다
이랑 속에 한 해를 묻었던 내리사랑
하얀 꽃 송이송이 깨알같이 거두어
한 꺼풀 더 접힌 주름
도리깨 넙적 미소가 고소한 시골버스에 오른다.

# 등걸

느티나무 한 그루가
미운 털이 박혀
잎과 가지로 말하지 못하는
비대칭의 그늘이 되어
난쟁이로 살아가고 있다
산방을 이고
자드락길 맨몸으로 마주한 바람
볕살의 눈치로 웃자람이 없어
시제詩題 앞에 섧지 않으려
선 채로 지키는 옹이와의 약속
천년을 그려내는 붙박이 풍경.

# 장날의 산방

기다림의 초침이
서녘 노을을 지우며 돌아간다
두리번거리던 눈망울이
신작로를 서성거린다
두어 번
노선버스가 이웃을 부려놓고 떠났을 뿐인데
허리춤을 추키며 구시렁거리기 시작한다

여차저차….
바리바리 오일장 나르는 택시가
후 두두, 타이어 굴리는 소리
자갈 깔린 마당
잘그락 잘그락 다가서는 종종걸음이
손맛 보따리를 펼쳐놓는다
지친 시장기가 표정을 바꾸며 다가선다.

# 세 번의, 이름 속에 남겨진 메모

부산에서 태어나 이남 사녀의 막내아들로 살았던 시절은 환경이 궁핍하여 배고픈 나날의 연속이었지만 슬프다거나 외롭다거나 누굴 원망할 까닭은 없었으며 서로 보듬고 열심히 공부하며 살갑게 살았다. 저녁이면 고구마 배추뿌리를 깎아먹으며 아궁이에 구운 차돌을 옥양목 이불속에 품어 안고 도란도란 예기하며 긴 겨울밤을 넘길 수 있었다. 주어진 여건에 서로 충실하며 낳아주신 부모님께 감사하고 형제자매간의 돈독한 우애를 희망과 기쁨으로 간직한 날들이었다.

신군부 쿠데타 정부가 들어서고 농경사회에서 경공업, 중화학공업으로의 변화가 시작되면서 경쟁을 우선해야만 했던 격동의 시대에는, 막내아들과 일남이녀의 아버지라는 두 번째 이름으로 고향을 떠나 드난살이의 청춘을 살았다. 민주화와 경제발전으로 누구나 부자라는 꿈의 명제를 좇아 때와 장소를 가리지 않고 돈벌이와 아이들 교육에 올인 하는 전사의 삶을 살아, 먹고 사는 일에는 한숨을 돌린 뒤였지만, 예고 없이 닥친 IMF 외환위기로 국가가 부도의 위기에 직면하면서 부실은행이 통폐합되고 자영업

자도 기업도 줄줄이 도산하면서 일터를 잃고 거리로 산으로 내몰리는 가장들의 수난시대를 맞이하였다.

막내아들과 아버지와 젊은 할아버지라는 세 번째 이름으로 백수건달이 되어 자연에 의지하는 삶을 선택하게 되었다. 낯설고 물선 시골마을에 마음이 자리하기까지 이웃의 배려와 흙의 가르침으로 사계와 함께 소통하며 공감하는 시인의 길로 들어선 지 십 수 년, 잃어버렸던 자신의 정체를 찾아 노후를 즐기고 있다. 아들딸이 아버지 엄마가 되었다. 외손자 며느리를 맞이할 날도 머지 않았다. 각자의 꿈이 타향으로 이국으로 뿔뿔이 헤어져 그리움이 시리고 아프기도 하고 때로는 세대 간의 시각 차이에서 오는 방법과 가치가 반목하고 충돌하기도 하지만 제 몫을 다하여 각자의 소임을 다하고 있음에 후회 없이 망팔의 나이를 사랑하고 있으니 세 번의 이름이 그리 힘들고 무겁기만은 않았음을 스스로의 답변으로 남기고 싶다.

# 봉순이 누나

오래된 기억이 멈추어선 꽃밭
분꽃향이 가을을 베고 눕는다
높고 푸르러 배고파도 좋았던 시절

누군가 금방 나타날 것만 같은 허공에
문간방 세 들었던 봉순이 누나의 모습이
백일홍 꽃잎으로 떨어진다

방직회사 견습공이었던 쳇바퀴의 나날
고향의 피붙이들이 얼마나 보고 싶었을까
누런색 월급봉투를 보여 주며
나의 손 이끌어 생일을 함께 해주었던 그날

로맨스 파파 조조할인 영화를 보고
찐빵에 어묵 단팥죽으로 불린 배는
세상 누구도 부럽지 않는 행복이었지

오동통한 볼우물을 담았던 얼굴
쟁반위에 구르는 낭랑했던 목소리
지금, 어디에서
팔순의 할머니는 무엇을 하고 계실까.

# 고립무원

비말의 유령으로부터 멀어서 좋다
역병의 일기를 흙속에 쓰는 산방
볼모의 시간이 출구를 찾다 못해 뒤뚱거린다
쳇바퀴 돌리듯 나날이 그리는 호미 끝의 풍경
속내를 읽혀버린 잡초와의 자리다툼이 웃프다
봄은 누구에게 일러주며 가고 있을까
벚꽃의 낙화에도 라일락의 코밑은 여백이 없다
사회적 거리두기의 승리는
고립무원을 즐기며 익숙해지는 일
마스크 한 장으로 가린 초조의 어둠을 벗어나
모두가 본래의 빛으로
돌아가는 날은 언제쯤이 되리
젊음을 아프게 걸었으니
나이를 여유로 섬기려 했던 가치
내 안의 나를 은밀히 만나는 기회가 되자
개나리 울타리는
변함없이 꽃다발을 두르고 있다.

# 수려선<sup>*</sup> 꿈길에서

협궤열차는 가난했던 신혼을 싣고 달린다
새내기 엄마 품에 칭얼거리는 딸
먹고 사는 일이 야속하고 얄팍했지만
세상은 무엇이 그리 힘들더냐 묻지 않았다
허리춤에 품고 달리는 산과 들은 한갓지다
저녁놀이 피워 올린 굴뚝 연기의 손짓
밭갈이 쟁기에 봄이 출렁거린다
지나치고 스쳐가는 풍경은 모두가 한가롭다
성냥곽 닮은 오천역
사투리 귀담아 들어주었던 딸기밭
겸연쩍은 목적지가 가까이 다가선다
숙제의 보따리가 한숨을 토해 놓는다
오금이 저리어 온다
아직도 내려놓지 못한 양심의 무게
남아있는 기억은 모두 수수께끼가 되었다.


* 수원-여주 간을 잇던 협궤 철도노선(1972년 4월 폐선)

4부

소생의 풍요로움으로
나이를 사랑하는

# 두물머리에 서서 세월을 뒤돌아 보다

두 영혼의 설렘은 항구에서 시작되었다
남으로 불어오는 강바람에 실려
인연을 부려놓고 파문을 일으켰던 바다
수평선 저 너머 앨버트로스를 보았던 것일까
민낯의 용기가 두려움을 밀어내고
사무침으로 닦은 청춘도 거침 없었다
소박하고 처연했던 철길 옆의 어렵사리
초행의 길 위에 새로운 길을 내기 위하여
제몫의 나이로도 빠듯했던 상흔들
시간과 제물은 눈치도 없었다
이상과 현실의 간극은
모두가 물처럼 흘러간 그리움이 되었다
열정의 우매함을 지우기 위하여
두물머리에 서서 세월을 뒤돌아 본다
바람처럼 스쳐 가버린 반백년….
둘이었던 물길은 서로를 버리고
한 곳을 바라보며 백발의 깊이로 흘러간다
유랑의 발원,
황혼으로 물들고 있는 바다 그곳으로.

# 또 가을에

스산해지는 어깨 위에 볕살이 스민다
떠밀리는 시간에 하루를 맡기지 말자
능동적이며 바지런한 몸으로 살자
새로운 봄과 맺은 약속이 되자
기다림과 소생의 풍요로움으로
나이를 사랑하는 나날이 되자
마음에 두거나 소망하는 일보다
행동이 앞서가는 겨울을 함께 하자

한 잎 두 잎 발가벗는 나목의 모습은
계절이 주는 앎의 가르침이기 때문이다.

# 시월이 가면

목마른 색깔들이 펼쳐놓은 산하
코스모스 꽃잎으로 바람 지키다
뻐꾸기 울음소리 노을에 실어
그리운 너의 계절 숨겨 놓으리.

# 허무 앞에서

　나뭇잎처럼 늙어 구름인양 남았을 여정이 바람이었다. 바르고 곧게 지나온 길이 앎의 이유라 되뇌고 중얼거렸지만 정체성의 항변은 독선으로 내몰려 생채기만 만들어 놓았을 뿐 마음은 바다를 표류하다 무인도를 닮고 말았다. 실소 또한 모래톱의 거품으로 젖어 침묵의 늪이 되었다

　가치관의 변이와 시각의 마찰이 이해와 소통의 장벽을 허물지 못하고 부재의 분별력으로 게 고등의 날을 살아가고 있다. 집을 짊어지고 빛을 찾아가는 들물과 날물을 오르내리며 몸뚱아리 뒤틀어 다리 하나 더 비집어 넣을 허무에 몰입 중이다. 먹이사슬에 꺾어진 집게다리, 그마저 잃어버린다면 육체를 대신하리라 믿었던 정신마저도 추한 기형으로 진부하다. 자신을 잊어버리고 말 것이 우려스럽다.

　베풀고 용서하는 일이 부와 여유를 대변하는 변명인 걸 늦게 알았다. 남은 날이 안타깝다고 누가 묵은 귀 기울여 들어주려나. 비굴하지 말 것이며 한줌 한줌을 절실하게 놓아 버리자. 그래야 허무를 휑하게 씻어낼 수 있을 것이다.

# 면벽수행 面壁修行

자신감을 수그린 면역력이
외출의 빗장을 걸어 잠근 지 오래
답답함에 거리두기가 사부작거리기 시작한다
스스로의 수칙에 저항이 생기고
설마라는 생각이 긍정을 부추기며 느슨해진다

면벽수행의 틈을 보이기라도 한 것인가
마을 어귀에 돌기의 유령이 다녀갔다고 한다
카톡이 쉼없이 딸꾹질을 해댄다
민초들의 발자국에 추적의 불이 켜지고
머물다간 맛집에 금기 줄이 쳐 진다
잠시 비웠던 손에 다시 쥐어지는 긴장과 초조
봄날의 다짐으로 되돌아가야 한다
면벽의 시간은 간절함이 있어 외롭지 않을 것이다

코로나에서 자유로울 수 있음은
달마의 굴을 빠져 나오는 것이 아니라
씌워진 마스크를 벗을 수 있어야 하는 일이다.

# 트로트의 비상

게임이 공정하면
승자를 인정하고 물러나는
패자의 뒷모습도 함께 자랑스럽다

우리는 스스로 한이 많은 민족이라 부른다
감성적이지만 지극히 이성적이며
쉽게 포기하지 않는
사회적 공감에 답이 있지 않을까

지금 대한민국은 경연의 강을 유영 중이다
코로나와 동거하며 사는 늪을 빠져나와
춤과 흥을 날개에 실어
오대양 육대주를 음악으로 날아가고 있다

내가 아닌 네를 먼저 위로하는 사회
네가 아닌 우리가 함께 노래하는 세상
우리가 아닌 세계가 합창하는 트로트의 비상.

# 트로트의 날개

꺾기의 매력에 열정과 혼을 더해
아픔과 한을 어루만지고 설움을 대신해 준다
과거를 소환하여 청춘을 불러오기도 하고
보릿고개를 그리워하게도 한다
개인의 이력과 취향에 따라 차이는 있겠지만
가사와 곡조의 편안함이 공감의 폭을 넓게 한다
턱을 내려놓게 하고 웃음과 박수를 모아
체면이나 가치가 해내지 못하는 줄을 세운다
풍류와 흥의 본능은 민낯을 드러내게 하고
남녀노소 세대를 아우르며 이질감을 버리게 한다
인생사 새옹지마 지금은, 뽕짝의 전성시대
마음이 즐거우면 스스로도 행복해진다
면역력 생성은 코로나의 어둠을 헤쳐 나오게 하는
사회적 거리두기의 빛이요 쉼터이기도 하다
잃어버린 봄, 트로트의 날개에 얹어
긍정의 신바람으로 역병창궐을 종식시키고
신록의 오월을 우리 함께 맞이하자.

# 도가촌*

석양을 내려놓은
발걸음이 하나 둘 모여
수고와 즐거움과 여유를 마주하고
하루를 씻어 내는 이야기의 요람

흑도야지,
한상 차림이 사람냄새 피우는 꽃밭이 되어
감사를 나누는 어깨동무가 되고
뭍의 넋두리 가슴에 귀기울여
삼다도를 노래하며 치유가 함께 하는 자리

헤아림이 열려 있어
부침의 색채가 너그러웠으니
또 다른 얼굴을 만나고 불러들이는
질펀하고 넉넉한 주인장의 너털웃음….

비상을 준비하는 도가촌의 나날은
맛집의 깃발 높여
꿈을 노 저어 가는 서귀포 정겨운 바다.

* 제주 서귀포 소재 맛집 상호

# 맛집을 찾아서

혀끝이 앞니에게
흘려보낸 시간의 괴리를 물어 본다
살아내기 위하여?
먹고 살기 위해서?

즐거움이 으뜸이라고 하면 공감의 변이 될까
냄새를 좇아가지 마라
무뎌진 오감의 기억을 나무라지도 마라
식객의 본능은 포만이 아니라 발품이란다.

# 코로나 소회

만리장성은 그렇게 장엄하지도 위대하지도 못했다. 우환은 들불처럼 번지는 신종바이러스 창궐의 발원이 되어 중화인민공화국은 코로나에 뒤뚱거리는 난파선이 되었다. 지척에 하늘과 바닷길을 맞대고 있는 우리가 전염에서 예외일 수는 없다. 걷잡을 수 없이 번진 사태가 발원지를 무색케 하고 나라가 혼란 상태에 있다. 목전에 두고 있는 총선 때문에 정치는 공천과 편 가르기에 올인이고 정부는 이웃나라 눈치 보기와 지지자 표심 영접에 어물쩍거리는 동안 초등대처 실패를 자초하였고 온 국민이 허망한 병마에 내몰리고 말았다.

출생 이후 최대의 민심혼란과 공포를 경험하고 있다. 사망사가 생기고 확진, 의심, 격리 자가 우후죽순 쏟아져 나오고 집단발병 지역에는 병실이 부족하여 아우성이며 의료진들도 누적피로에 시달리고 있다. 소상공인 자영업자들은 개점휴업에 생계도 막막하다. OECD 십대 교역국이며 국민소득 3만 불 경제 선진국의 면모가 무색하여 마스크 한 장 손 소독제 한 병을 손에 넣지 못하는 유통구조의 난맥상, 동선을 의심하고 이웃사람을 기피해야 하는 방역 패닉

상태에 빠져버렸다.

　사이비 종교집단의 이기주의와 정보공유 거부로 집단 전염자를 양산하며, 특정지역을 초토화 시켜 유령의 도시를 만들어 놓았다. 막무가내식 시위 행태는 불특정 다수에게 전염병 위험이 안중에도 없는 지탄받아 마땅할 일이다. 세계 여섯 개 대륙에 모두 전염병이 확산일로에 있다는 뉴스를 접했다. 인간의 한계도 그저 자연의 일부분일 뿐임을 겸허히 받아들여야 함에 답답하고 멍하기만 하다. 달포가 넘도록 두문불출하며 하루에 수십 번의 손을 씻으며 코로나가 종식되기를 바라고 있다. 이것이 오로지 내가 할 수 있는 최선의 방법이다.

# 집착

삐친 발걸음이
반쪽의 그림자를 지우며 멀어져갔다

석양에 돌아오라는 당부 때문이었을까
궁핍했던 설득에 안개가 드리우고
쓸쓸함이 체면을 밀어내고 가슴에 자리 잡는다

내 안의 나를 찾아 나서는 시간,

창가에 바람 한 점이 다가와 나무란다
익숙한 자유를 토닥거리지 못한
안타까움이 꼬리를 내린다

눈치 없는 끼니
집착의 겨루기가 저만치 물러서고
어깨를 늘어뜨린 기다림을 안고
겸연쩍은 가을이 깊어가고 있다.

# 번견番犬

고요에서 벗어나고 싶어
빈집의 열쇠를 밥그릇에 맡겼다

말뚝이 허용해준 1.5M의 반지름
파수꾼의 귓바퀴는 영역을 지키며 묻어 살겠노라
두 발로 끄덕이며 눈치를 받아드린다

동병상련의 약속은 우려를 벗어나고 말았다

부재를 알아차린 텃새들이
경계의 허세를 날개로 누그러뜨리니
긴장은 목줄을 접어 볕살을 불러들인다

더불어 사는 아름다움은 이해를 나누어야 여유롭다

팔자가 문지방에 졸음을 가두어두고
견공은 풍경의 조화로움이 제 공인양
겨울 한나절을 감성의 주인으로 산다.

# 그리움이 머물 자리

채마밭의 땀을 지우며
어둠이 들어선다
행방을 좇아 나선 인적이
액정을 밀고 당기며 쳇바퀴만 돌린다

콕 찍어
한 곳에 멈추어 세우지 못하는 세월
손끝에 맴돌다 마는 목소리와 얼굴들
창밖엔
숲으로 돌아가지 못한 지저귐들이
조바심을 함께 나누자 한다

오늘밤
바래기창에 그려진 마음이
걸려있을 자리는 어디가 되리.

# 김장

부처가 된 묵언의 여름을
주렁주렁 거리두기로 익혔습니다
땀과 재채기가 키우고
모정과 볕살이 말린 고추의 때깔
절임이 체온이라는 겹겹의 살가움으로
가슴에 두른 금빛 배추 고갱이
젓갈로 기억하며 고개를 끄덕이게 할 맛의 고향
유년의 겨울 이야기를 쟁이고 삭혀
식탁에 딸그락거릴 젓가락 소리
옹기 속에 그리는 발효의 풍경.

# 겨울 갈대

얼어붙은 강섶에
생각이라는 은유의 가슴으로 흔들리고 있다
마음은 삭풍의 한계에도 늘 목이 마르다

바람 잘날 없는 저항이 주어진 운명이며
쭉정이 몸짓을 고행이라 않는다
굽은 허리로도
뿌리의 깊이를 헤아리지 않는다

꽃술에 감추어 놓은 혹한의 의지는
꺾이지 말아야 할 동그라미의 믿음이다

여럿이 부르는 순정의 노래도
저 혼자의 소리로는 아우성일 뿐이다
군무의 서걱거림은 털리고, 떨어진
그루터기 영혼들을 향한 장엄한 묵상이다.

# 억새

혼자인 모습은 누구에게도 쓸쓸합니다.
백세를 섬겨야 하는 노후의 소망은
억새처럼 얽히지 않아야 복되고 추하지 않습니다
숨어 울며 흔들려도 꼿꼿한 몸짓들이
바람 길을 내어주는 순수의 의지일 터이니
날카로운 잎으로 떼로 서 있어도
서로는 생채기를 내지 않습니다
갈증을 마디마디 줏대로 비워내며 부대끼어도
묵언으로 일렁거리는 은빛 물결의 그리움은
늙은이들이 켜켜이 쌓아 올리는 계절,
겨울을 넘어 늘 봄 속에서 다시 시작됩니다.

# 로뎀파크*에 쉼표를 새기다

본능 속의 동그라미는 이상이었다
촘촘히 시간을 새기려 했던 나이테가
빛과 어둠의 간극으로 멈칫거린다
새로이 가야 하는 길이 안타까울 이유는 없다
연륜의 눈이 긍정으로 바라보는 창을 달았으니
주어지는 시간의 여백은 여정속의 그늘이 되어
풍경화의 명암을 완성하는 물감이 될 것이다
묵향과 언어의 신비를 품어줄 자리
한 그루 향나무로 서 있어서….
치열하게 흘린 땀의 궤적들을 씻어내고
흘러가는 구름, 산 그림자 붙들어
새소리 물소리 바람소리 함께 하여
저녁으로 돌아가는 노을을 만나고 싶은 곳
로뎀파크에 쉼표를 새겨 놓았다.


* 경기도 용인에 위치한 수목장

# 백세시대를 긍정적으로
# 밝혀주는 산방시인

## 이인환(시인)

### 1. 안분지족의 삶을 실천하는 산방시인

일찍이 공자님은 아들에게 "시를 배우지 않으면 남과 말을 할 수 없다."고 하였다. 또한 "제자들아, 어째서 시를 배우지 않느냐? 시는 감흥을 불러일으키고, 물정을 살피게 하며, 여러 사람들과 어울리게 하고, 원망을 발산하게 하며, 가까이는 어버이를 섬기고, 멀리는 임금을 섬길 수 있게 하며, 새와 짐승, 풀과 나무의 이름을 많이 알게 한다."며 제자들에게 반드시 시를 배우도록 했다.

시는 그만큼 자아성찰과 자기수양의 도구이자 개인과 사회의 행복을 위해 꼭 필요한 학문의 길이었다.

물론 시대에 편승해서 시를 입신양면의 도구로 활용한
이도 있지만, 공자님의 뜻을 따르고자 노력한 선비들
은 자연 속에서 유유자적 안분지족으로 행복을 추구
하며 자기수양의 도구로 시를 활용한 경우가 많았다.
이는 시로 '소통과 힐링'하며 행복을 추구하는 〈소통과
힐링의 시〉의 기본정신과 일맥상통하는 부분이다.


　　고요를 안아 적막을 잠재우는 산방은
　　소리를 내지 않고
　　나무를 키우고 꽃을 피운다


　　서로는 색깔과 흔들림으로 교감하며
　　찾아드는 햇살의 기별로
　　우듬지에 올라서는 오늘을 함께 만난다


　　호미 끝으로 전하는 산방지기의 심상은
　　텃새들의 날개로 상상을 오르내리다
　　맨드라미 꽃술에 닿아 언어의 씨로 뿌려진다


　　다시 돌아오는 봄날!
　　베풂으로 사람 사는 이야기를 새기고 쌓아

시편을 싹틔울 꽃밭에서 기다리고 있으리.

- '서시' 전문

시인은 제3시집인 『산방일기』를 통해 '산방'이 은퇴
후 현재 머물고 있는 이천시 단월동 단드레 마을에 자
리 잡은 시인의 주거공간임을 밝혔다. 이를 통해 시적
비유로 보면 '산방'은 단순히 주거공간이 아니라 공자
님의 제자를 자처하는 중국과 고려·조선의 수많은 사
대부들과 선비들이 유유자적하며 자아성찰과 자기수
양의 공간으로 삼았던 자연을 의미한다는 것을 알 수
있다. 따라서 우리는 '서시'를 통해 시인이 추구하는 시
의 세계를 분명히 알 수 있다.

시인은 '서시'를 통해 이번 시집의 주된 정서가 '산방'
이라는 자연 속에서 '산방지기'를 자처하며, '호미 끝'과
'텃새들의 날개', '맨드라미의 꽃술'로 이어지는 자연의
현상을 자아성찰, 자기수양의 기회로 삼아 '베풂'으로
'시편들을 싹틔울 꽃밭'에서 행복한 삶을 추구하는 시
세계를 펼쳐주고 있다는 것을 보여준다.

시인의 시는 공자님의 "여러 사람들과 어울리게 하
고", "새와 짐승, 풀과 나무의 이름을 많이 알게 한다"
는 말씀과 〈소통과 힐링의 시〉에서 강조하는 공동체

구성원과 소통하며 행복을 추구하는 시의 방향과 기본정신이 일치한다. 시인의 시에는 청렴한 삶을 추구했던 선비정신과 일상에서 시를 통해 자아성찰과 자기수양을 하면서 '소통과 힐링'의 기쁨을 즐기는 〈소통과 힐링의 시〉의 묘미가 오롯이 담겨 있다.

나이 듦을 안타까워 마라
지나가버린 날은 그리운 대로
깊이를 헤아려 강으로 흘러들었을 물살이리라

바람처럼 떠돌았던 드난살이
밉기도 나무라기도 하였겠지만
기억의 간격을
비탈진 곳으로 펼치면
바다가 등 내어주는 갯골이 황혼일 것이네

꽃은 웃으며 피워도 웃음이 없고
새는 울며 날아도 눈물이 없다 했듯이
자네에게 보여주었던 삶이
무슨 부끄러움이 있었을 텐가
늙어가는 일이 허무의 탓만은 아닐 터이니

들녘처럼 익어서

물들다 시들고 떨어지는 애틋함도

아름다운 성찰이었을 것이네.

- '나에게 보내는 연서' 전문

　우리 사회는 급격한 경제성장을 이루면서 후진국에
비해 대다수의 국민들은 생존의 기본요건인 의식주는
충분히 갖추고 있다. 그럼에도 우리는 불행하게도 우
리보다 경제수준이 뒤처지는 나라보다 국민의 행복지
수가 훨씬 낮은 것으로 나타나고 있다. 왜 이런 현상
이 생기는 것일까? 여러 가지 이유가 있겠지만 그 중에
하나가 모든 이들을 경쟁의 상대로, 심지어 가족 구성
원조차 경쟁의 상대로 보는 풍조가 만연하고, 경쟁을
당연시하다 보니 내면의 만족에서 행복을 찾지 못하
고, 상대와 비교하는 삶에서 찾고 있기 때문이다.

　그렇다면 어떻게 행복지수를 높일 수 있을까? 공동
체의 행복은 경쟁이 아니라 공존에서 찾을 수 있다는
인식으로, 상대와 비교하는 삶에서 벗어나 자신의 내
면에서 행복을 추구할 수 있어야 한다. 비록 초가삼간
에서 부족한 의식주로, 죽 한 그릇으로 배를 채우더라
도 자연 속에서 이웃들과 함께 정을 나누며 행복을 추

구했던 선조들의 삶의 자세를 챙겨나가야 한다.

> 가까운 자매는 더러 보이고
> 멀리 있는 형제는 그리움도 좁아진다
> 외갓집은 책 속의 그림이며
> 떠나 온 고향은 아린 가슴이 되었다
> 먹고 사는 일이 삶이라지만
> 본능이 순리를 초월하여 풍요 위에 있으니
> 나누고 부대끼고 보듬었던 체온이 식어간다
>
> － '울타리' 중에서

　행복은 바깥에서 구할 때보다 자기 내면에서 구할 때 더 쉽게 찾을 수 있다. 따라서 우리는 행복하려면 끊임없는 자아성찰과 자기수양을 통해 내면을 안분지족의 자세로 채워나가야 한다.

　시인은 그것을 누구보다 잘 알기에 우리 사회에서 시대가 변하면서 점차로 식어가고 있는 '나누고 부대끼고 보듬었던 체온', 즉 현실에 만족하는 마음으로 이웃들과 나누는 정을 유지하기 위해 솔선수범하고 있다.

무엇이라 적으면

생각이 마음으로 닿아

한 폭의 수채화로 보여질 수 있을까

읽다가 지우고

부치려다 구겨버린 유년의 숨바꼭질


유치했으나 풋풋함이 있어

집착이 흠모의 의상을 입혔으니

편린의 눈엔

신호등 색깔이 물감의 전부였을 순수…


아직도

속내를 다 비워내지 못한,

바람 빠진 풍선이 되어

나뭇가지를 매달고 섰으니

- '편지' 중에서


   내면의 행복을 채우기 위해서는 무엇보다 순수해야
한다. 순수가 바탕이 되지 않은 자아성찰은 궁극적으
로 행복을 채울 수가 없다. 누군가의 마음을 얻기 위
해 밤새워 편지를 썼다 지우기를 반복했던 시절의 순

수는 나중에 나이 들어 보면 유치함으로 느껴지기도 하지만, 나이를 먹었음에도 그 시절을 아름답게 간직하고 있다는 것은 그만큼 순수함을 유지하고 있다는 것을 보여주는 것이 아닐까?


유난히 짧았던 봄도

폭염의 열대야도

마음이 감사했음에 넘치는 날들이었다


비우고 내려놓고 나누자 했던 사무사思無邪


또 한 번,

과수원지기가 되어

청명하고 높은 하늘을 이고

눈 오는 날의 이야기들을 따고 줍고 담아야겠다.

- '가을에' 중에서


공자는 시경을 엮으면서 '시삼백 일언이폐지왈 사무사(詩三百 一言以蔽之曰 思無邪)', 즉 '시경에 있는 삼백 편의 시를 한 마디로 한다면 생각에 사특함이 없다'고 했다.

여기에서 '사무사'란 말만 따로 떼어서 '시를 쓸 때는 생각에 사특함이 없어야 한다'는 의미로도 쓰는 이들이 있다. 시인이라면 시를 쓰기 전에 마음의 사특함을 먼저 챙겨봐야 한다는 경구로 쓰고 있는 것이다.

그런 점에서 '비우고 내려놓고 나누자 했던 사무사'라는 표현을 통해 우리는 사특함이 없는 순수한 마음으로 자연 속에서 만족하며 내면의 행복을 추구하는 시인의 진솔하고 순수한 삶의 자세를 만날 수 있다.

풍장 된 꽃잎을 찻잔 속에 띄워놓고

볕살을 업어 우듬지를 바라다본다

가지마다 솟대에 앉은 오리의 염원을 실어

흐드러지게 살았던 봄날의 찬란함을 음미해본다

백발의 붓 끝에 스무 해 겨울 이야기를 담아

시편의 불씨로 묵향을 피워 올린다

겹겹이 쌓았던 연정이 시리고 안타까워도

껴안은 꽃봉오리가 아직은 너무 여리다

기다림이란 색을 감추어도

빛이 있어 한 곳을 바라보는 것

소생이 가까워오는 길목은 신비의 소리가 있다

계절은 왔던 길을 바람으로 지우며 돌아오고

생명들은 흙의 기억으로 다시 노래할 것이다
묵언으로 읊어놓은 순백의 연가를.

- '백목련, 봄을 기다리다' 전문

시인의 산방에는 시인이 은퇴 후 이곳을 찾을 때부터 함께 해준 20년이 넘은 백목련 나무가 있다. '백발의 붓 끝에 스무 해 겨울 이야기를 담아/ 시편의 불씨로 묵향을 피워 올린다'에서 보는 것처럼 백목련은 시인의 시심을 피워 올려주는 더할 나위 없는 벗이다. 한겨울에 꽃봉오리와 함께 '흐드러지게 살았던 봄날의 찬란함을 음미'하면서 소생을 위한 몸짓을 반복하면서 '볕살(내리쬐는 햇빛의 우리말)을 업어 우듬지(나무 맨 꼭대기에 있는 줄기의 우리말)'에서 희망을 피우는 백목련은 곧 시인 자신이기도 하다. 물아일체, 백목련과 시인은 그렇게 하나가 되어 있다.

생겨나면 지는 것이 자연의 순리고, 자연의 순리를 있는 그대로 받아들이며 행복을 추구하는 것이 안분지족의 삶이다. 산방에 뿌리내린 백목련과 교감하며 자연의 순리에 맡겨 '묵언으로 순백의 연가'로 시심을 풍기는 시인의 삶이 아름답게 다가온다.

주어진 날들이 물처럼 흘러가기를,

나그네의 눈으로 풍경을 바라본다


바람에 묻어온 시절인연도

스쳐만 가는 만남이 아니었으면,

낯가림에 붓을 적신다


나눔과 소통의 물감으로

일탈의 색을 담아내는 캔버스

텃밭은 어머니의 그리움이고

낮달은 외갓집의 등불이 되었다

－ '산방지기가 그리는 수채화' 중에서


　스스로를 산방지기로 자처하고 '사무사'의 정신으로
살아가는 시인, 그럼으로 나는 임규택 시인을 우리 시
대를 살며 선조들의 선비정신을 실천하는 산방시인으
로 칭하는데 주저함이 없다. 〈소통과 힐링의 시〉를 통
해서 우리 시대의 선비정신을 펼치는 산방시인을 많은
독자들에게 알릴 수 있어서 행복할 뿐이다.

## 2. 소통의 시로 가족의 행복을 추구하는 시인

예전과 달리 요즘은 전 국민이 글을 배우고, 문학을 향유하면서 마음만 먹으면 누구나 시를 쓰고 향유할 수가 있다. 그러다 보니 자신들만의 시세계를 구축해서 시를 어렵게 만들어 대중의 외면을 받는 시인 부류와 비유와 상징의 문학이라는 시의 기본 특성을 제대로 익히지 못해서 시의 문학적 가치를 떨어뜨려 대중의 외면을 받는 시인 부류들이 늘어나고 있다.

이런 현실에서 출판 기획으로 〈소통과 힐링의 시〉를 이어가면서 대중이 쉽게 이해할 수 있는 쉽고도, 시의 문학적 가치를 빛내는 비유와 상징의 묘미를 잘 살린 작품을 접할 때는 말할 수 없는 희열을 느낄 때가 있다. 임규택 시인의 시들이 바로 그렇다.

내일이 아름다워야 할 꿈이 있어
날마다 낭만이 알을 품다 떠나는 둥지

주머니가 가벼우니 눈치가 비껴 앉고
행선지를 모르니 배차시간도 없다
들어서면 그곳이 노선이요 길이다

경적으로 신음하던 백열등이

갈증을 불러 모은다


환승의 잰걸음들이 쉬이 오르고 내릴 수 있어

훈훈함이 엄마의 품속 같다

끼워 앉은 엉덩이 구수한 사람냄새

- '강변역 포장마차' 중에서


　임규택 시인의 시는 쉽기도 하지만, 적절한 비유와
상징을 적절히 활용해서 문학적 가치를 높이고 있다.
'강변역 포장마차'에서 한번쯤 회포를 풀어본 사람은
공감할 부분이다. '내일이 아름다워야 할 꿈이 있어/ 날
마다 낭만이 알을 품다 떠나는 둥지'라는 은유에서 문
학적 묘미가 살아남은 물론이고 서민들의 보금자리로
사랑을 받던 포장마차의 정감을 그대로 느낄 수 있다.


장마가 뙤약볕에 숨을 고르는 날

마로니에 나무그늘로 내 유년을 불러 앉힌다

마음은 하늘에 닿아 구름이 되었다

산 그림자 걷다 멈춘 범냇골 안창

천수답 다랑이 논, 그곳은

권위로 나락을 키우는 아버지의 성역이었다
미끄러진 시험성적 때문에
몸으로 대신해야 했던 노동의 반성문
피뽑기 멸구박멸 애처로운 시선은 사랑이었다
논두렁 도타워지는 삼복의 계절이 오면
통신표에 묻어 있는 손도장의 섭섭했을 한숨
들창코 왕집게발 아버지가 그리워진다.

- '아버지가 그립다' 전문


　시인의 시가 쉽게 읽히는 것은 쉬운 시어를 썼기 때문만이 아니다. 시의 담긴 대상과 정서가 우리의 일상과 밀접하기 때문이다. 일상의 이야기를 가까운 이들과 대화하듯이 풀어놓은 시어라서 더욱 쉽게 다가오는 것이다.

　시인은 아버지의 아들이기도 하지만 자식의 아버지이자 손주들의 할아버지이기도 하다. 따라서 시인이 그리워하는 아버지는 자식들에게 바라는 자신의 모습일 수도 있고, 손주들에게 심어주고자 하는 아버지의 모습일 수도 있다. 아버지는 집안의 가장으로서 때로는 권위를 내세워 엄하기도 하지만 그게 다 자식을 위한 일이었음을, 구체적인 경험담으로 표현하면서 아버지와 아들, 손주에 걸친 삼대의 화합을 꾀하는 노력을 담은 것으로 볼 수 있다.

사람은 가족을 떠나서 행복을 추구할 수 없다. '가화만사성'은 동서고금을 통한 진리의 영역을 지키고 있다. '가화만사성'을 이루려면 가족 구성원들끼리 화합이 잘 이뤄져야 한다. 그 화합의 출발점은 표현이다. 따라서 표현을 잘 하는 집안은 그만큼 화합할 수가 있다. 시인은 이를 잘 알기에 일상에서 가족을 향한 마음을 시로 표현하며 가족의 화합을 꾀하는 모습을 보여주고 있다.

시는 이처럼 속내를 표현하기 좋아서, 시를 일상에 소통의 도구로 활용하면 가까운 이들과 속내를 교류하며 원활한 소통을 할 수 있어 좋다. 〈소통과 힐링의 시〉에서 시를 소통의 가장 좋은 도구로 강조하는 이유다. 임규택 시인은 시가 현실과 동떨어진 특별한 재능을 가진 이들의 전유물이 아니라 누구나 향유할 수 있는 소통의 도구라는 것을 잘 보여주고 있다.


사랑은 계절 따라,
군사우편은 노래를 실어 갔다
핑크빛 연서로 되돌아왔다

만남은 소풍이 되고 인생이 되었다

반백년, 서로 부대끼며 닳은 조각

가지런히 땋아 내린 두 갈래 댕기머리에도

풋풋했던 까까머리에도

백발의 수수께끼만 남았다


주어졌던 날에 감사하자

둘이라 금혼의 약속을 지킬 수 있었으니

시월이 가고 또 와도 다시 봄을 기다리자

오늘처럼 아침을 함께 일으키기 위하여.

- '금혼의 약속' 중에서


우리 주변에 금혼을 맞아 청춘의 사랑을 떠올리며 이렇게 애틋한 사랑을 표현하는 이들이 과연 얼마나 될까?


물길 따라 흐르다 시간이 휘었습니다.

굽이굽이 할퀸 등골에

둔덕이 먼저 자리하여 있습니다

가슴으로 적시다 강을 이룬

눈물방울 방울들

쉼없이 낮은 곳으로

자신을 지우며 버린 묵언의 옹이

꺾어지지 않으려 뼛속까지 비워낸 결핍들이

출렁다리 안고 누운 바다가 되었습니다


바쁘지도, 깐깐하지도, 소탈할 줄도 모르는,

노여움의 동굴을 걸어온 사람

별과 달을 잃어버린 한 여인의 우주


희생에 감사하며 고맙고 행복했어요

다시 태어나 우리 또 만날 수 있다면

돛배의 노가 되어 당신의 바다를 지키리오.

- '반백년의 더께' 전문


   '아내의 고희를 맞아'라는 부제가 붙은 위의 시를 보면서 시인이 누리는 노년의 행복이 결코 저절로 온 것이 아님을 알 수 있다. 아내에게 진솔한 속내를 표현해 주는 것만큼 가정의 행복을 꾀하는 일이 또 어디 있을까? 그렇게 해서 부모가 행복하면 자식들은 저절로 행복한 자리에 들어서게 된다.

   시인은 백세시대를 맞아 예전 사람들이 누려보지 못

한 황혼의 오랜 세월을 즐겨야 하는 현대인들이 왜 지금이라도 시를 배우고 익혀 아내, 또는 남편, 그리고 가족들과 소통의 도구로 활용해야 하는지 잘 보여주고 있다.

고사리 손으로 움켜쥐는 바지가랭이는
봄볕보다 살가운 정감이라 행복이었다
심술도 예쁜 짓이고 억지도 귀여움이니
무럭무럭 자라나며 건강으로 되돌려다오
귓속에 담아온 울음소리 숨소리마저도
하루하루 꺼내어 감사하게 들어볼게
꽃길에도 아파라 탐라의 소식.

　　　　　　　　　　- '시원이 마법사' 전문


손바닥에 천방지축 영상속의 개구쟁이
미소가 인사이고 이름이며 관계다, 고로
도깨비로 바다를 건너다니는
내 영혼의 지배자다

　　　　　　　　　　- '두 볼 자손' 중에서


손자도 분명히 할아버지의 마음을 알 것이다. 이렇

듯 자신을 향한 사랑을 진솔하게 표현해주는 할아버
지를 찾는 손자의 마음은 어떨 것인가? 어린 시절에
배고픔으로 고생을 해야 했던 할아버지 세대와 급속
한 경제성장으로 배고픔을 모르는 손자 세대가 갈등
을 빚기 쉬운 현실에서 소통의 시를 통해 손자와 소통
을 시도하며 화합을 다져가는 시인의 삶에 절로 존경
의 마음이 생기는 것은 어쩔 수 없는 일이다.


## 3. 산업화의 역군으로 시대와 소통하는 시인

시인은 역사의 격변기, 대한민국 정부가 수립되던서
해에 부산에서 태어났다. 동 시대의 태어난 이들이 거
의 다 그런 것처럼 시인 역시 전쟁으로 폐허가 된 국가
재건의 시기에 어린 시절을 보냈고, 이후 '한강의 기적'
으로 알려진 60~70년대 비약적인 경제성장을 이루는데
산업화 역군으로 청춘을 보냈다.

    선택의 여지없이 둥지로 받들었던 곳
    통금이 끌어다 놓은 철길위의 탄광
    동해를 달려온 무연탄 화차들이

새벽을 부리며 아궁이를 찾아 나서고 있다

19공탄의 이름을 달아 아랫목을 데우기까지
어둠을 까맣게 폐부로 쌓아 올리는 노동
올라 가거라, 내려 오너라,
선로를 들락거리느라 지친 메가폰
졸음을 없은 역무원의 세레나데

              - '풍경, 주안역 79' 중에서


그 당시는 사는 일이 우선이었다. '선택의 여지없이'
살기 위해 모든 것을 헝그리 정신으로 받아들여야 했
다. 하지만 지금은 시대가 변했다. 시인의 세대가 '선택
의 여지없이' 산업전선에 뛰어들어 이뤄놓은 고도의 경
제성장 덕분에 지금의 세대들은 물질적 풍요 속에서
예전에 비해 '선택의 폭'이 넓어졌다. 그래서인가? 무슨
일을 할 때마다 나약한 모습을 보이는 젊은 세대를 이
해하지 못하는 세대들에게 '헝그리 정신'이 부족하다는
이들이 많다. 그러면서 '헝그리 정신'을 강조하기 위해
그때 이야기를 들려주는 이들이 있는데, 대부분 '꼰대'
의 소리로 치부당하는 경우가 많다. 아무리 좋은 이야
기라도 듣는 이가 귀를 닫고 있으면 결코 좋은 이야기

가 될 수 없는 것을 이해하지 못하는 기성세대들이 깊이 고려해야 할 부분이다. 그렇다면 그때 이야기 중에는 젊은 세대들이 받아들이고 배워야 할 부분이 있기에, 어떻게든 그 시대의 이야기를 들려줘야 하는데, 어떻게 '꼰대' 소리를 듣지 않고 젊은 세대에게 그때의 이야기를 들려줄 수 있을까?

시인은 이를 잘 알기에 시를 소통의 도구로 활용해서 감성에 접근하는 방식으로 지난 시절의 이야기를 담담히 들려주고 있다. 시를 통해 그 시대 이야기를 담담히 들려주는 방법으로 시대를 아우르는 소통을 시도하고 있는 것이다.

누군가 금방 나타날 것만 같은 허공에
문간방 세 들었던 봉순이 누나의 모습이
백일홍 꽃잎으로 떨어진다

방직회사 견습공이었던 쳇바퀴의 나날
고향의 피붙이들이 얼마나 보고 싶었을까
누런색 월급봉투를 보여 주며
나의 손 이끌어 생일을 함께해 주었던 그날

－ '봉순이 누나' 중에서

'봉순이'라는 이름은 베스트셀러 소설인 공지영의 『봉순이 언니』로 젊은 세대들에게도 널리 알려져 있다. 시인은 여기에서 '언니' 대신 '누나'라는 호칭을 사용함으로써 그 시대의 '봉순이 언니'가 소설 속에 인물만이 아니라 산업화 시대에 현실에서 실존했던 인물이기도 했다는 것을 확인시켜주며 젊은 세대들에게 그 시절이 이야기를 들려주며 시대를 아우르는 소통을 시도하고 있다.

시대의 열악한 경제 환경을
스스로 극복해내며 이 나라
상하수도 기반시설 구축의 선봉이었던 역군들
국가 발전의 미래를 호흡으로 함께 바친 증인들
이제 한수회는 아름다운 사명을 다하고
나이를 사랑하기로 했다


광화문,
둥지에 알을 품었던 날들을 회상하며
한 장의 흑백 세월을
사진첩에 끼워놓고자 한다.
　　　- '광화문, 둥지에 알을 품었던 날들' 중에서

과거를 내세워 무용담만 늘어놓거나, 과거를 잣대로 현재를 재단하려는 이들은 자칫 '꼰대' 소리를 들어가며 세대 간의 갈등을 불러일으키는 주범으로 전락할 수 있다.

　시인은 이를 잘 알기에 담담히 '아름다운 사명을 다 하고/ 나이를 사랑하기로 했다'고 토로한다. 산업화 시대의 이야기를 담담히 들려줌으로써 젊은 세대들이 거부감 없이 자연스레 접근할 수 있도록 길을 열어주고 있다.


## 4. 백세시대를 긍정적으로 밝혀주는 시인

　우리는 지금 이전 세대들이 경험해 보지 못한 백세시대와 코로나 팬 데믹 시대를 살고 있다. 세상의 모든 것은 긍정적인 면과 부정적인 면을 담고 있다. 백세 시대와 코로나 팬 데믹 시대도 마찬가지다. 긍정적인 면을 보면 희망을 보고 새로운 시대를 열어가는 주인이 되고, 부정적인 면을 보면 절망과 좌절에 휩싸여 급변하는 시대에 도태자가 되는 것이다. 이럴 때일수록 창의적인 관점으로 독자들에게 꿈과 희망을 줘야

하는 시인들의 사회적인 역할이 더욱 중요해졌다. 시인의 시 한 편이 독자들을 시대의 주인으로 이끌거나, 또는 도태자로 떨어지도록 만들 수 있기 때문이다.

비말의 유령으로부터 멀어서 좋다
역병의 일기를 흙속에 쓰는 산방
볼모의 시간이 출구를 찾다 못해 뒤뚱거린다
쳇바퀴 돌리듯 나날이 그리는 호미 끝의 풍경
속내를 읽혀버린 잡초와의 자리다툼이 웃프다
봄은 누구에게 일러주며 가고 있을까
벚꽃의 낙화에도 라일락의 코밑은 여백이 없다
사회적 거리두기의 승리는
고립무원을 즐기며 익숙해지는 일
마스크 한 장으로 가린 초조의 어둠을 벗어나
모두가 본래의 빛으로
돌아가는 날은 언제쯤이 되리
젊음을 아프게 걸었으니
나이를 여유로 섬기려 했던 가치
내 안의 나를 은밀히 만나는 기회가 되자
개나리 울타리는
변함없이 꽃다발을 두르고 있다.

- '고립무원' 전문

임규택 시인은 시의 효용적인 가치와 시인의 사회적인 역할을 잘 알고 있다. 그래서 시인은 팬 데믹 시대의 어려운 상황에서도 긍정적인 면을 보고, 그것을 자아성찰과 자기수양의 기회로 삼고, 그 과정을 시로 형상화함으로써 독자들도 더불어 긍정적인 면을 보고 희망을 품을 수 있도록 이끌어 준다. '사회적 거리두기의 승리는/ 고립무원을 즐기며 익숙해지는 일', '젊음을 아프게 걸었으니/ 나이를 여유로 섬기려 했던 가치', '개나리 울타리는/ 변함없이 꽃다발을 두르고 있다'로 이어지는 시상의 전개를 팬 데믹 시대를 받아들이는 긍정적인 삶의 자세를 보여주면서, 독자들에게도 어떤 마음으로 팬 데믹 시대를 살아가야 하는지 챙겨보게 한다.

　　면벽수행의 틈을 보이기라도 한 것인가
　　마을 어귀에 돌기의 유령이 다녀갔다고 한다
　　카톡이 쉼없이 딸꾹질을 해댄다
　　민초들의 발자국에 추적의 불이 켜지고
　　머물다간 맛집에 금기 줄이 쳐 진다
　　잠시 비웠던 손에 다시 쥐어지는 긴장과 초조
　　봄날의 다짐으로 되돌아가야 한다

면벽의 시간은 간절함이 있어 외롭지 않을 것이다

　　　　　　　　　　　- '면벽수행' 중에서


　피할 수 없는 고통이면 즐기라고 했다. 시인은 피할
수 없는 코로나 시대의 고통을 '면벽수행'의 과정으로
받아들이고 있다. 이 얼마나 긍정적인 마음인가? 실제
로 많은 어르신들이 코로나에 희생을 치르는 것에서
보듯이 코로나는 시인과 같은 연배의 어르신들에게 더
치명적인 질병이라 두려움으로 치면 젊은 세대들보다
훨씬 큰 것이 사실이다. 그럼에도 백세시대를 열어가는
어르신으로서, 시대를 노래하는 시인으로서 피할 수
없는 시대의 고통을 긍정적으로 펼쳐주는 시인의 삶은
동시대를 사는 독자들이나 후손들에게 귀감으로 새겨
질 것이다.


　게임이 공정하면

　승자를 인정하고 물러나는

　패자의 뒷모습도 함께 자랑스럽다

　　　　　　　　　- '트로트의 비상' 중에서


　마음이 즐거우면 스스로도 행복해진다

면역력 생성은 코로나의 어둠을 헤쳐 나오게 하는
사회적 거리두기의 빛이요 쉼터이기도 하다
잃어버린 봄, 트로트의 날개에 얹어
긍정의 신바람으로 역병창궐을 종식시키고
신록의 오월을 우리 함께 맞이하자.

－ '트로트의 날개' 중에서


소통은 눈높이를 맞출 때 효과가 크다. 눈높이를 맞추려면 상대의 관심사에 관심을 가져야 한다. 시인은 때마침 '트로트 열풍'이 부는 현상에 관심을 갖고 대중들과 눈높이를 맞추고 있다. 일상에서 누구나 쉽게 접할 수 있는 트로트에 눈높이를 맞춰 비유와 상징을 통해 사회적인 메시지를 던지고 있다. 시인도 직설적으로 말하는 것보다 이렇게 표현하는 것이 배로 힘이 든다는 것을 모르는 바가 아니다. 그럼에도 이렇게 시적표현을 통해 돌려서 말하는 것이 더 큰 효과를 발휘한다는 것을 알기에 그 노력을 마다하지 않는다.


청바지에 서니커즈 반백의 장발
죽은 깨 검버섯 지우고 또 지워도
어제가 오늘이고 오늘이 내일이다

인생 칠십 고래희 망팔이 한창이니

나이사랑 늙은이,

동안이라 우겨도 어림없는 꼰대.

- '별명의 이해와 오해' 중에서

　지금 우리 사회는 어느 세대도 겪어보지 못한 백세시대로 열면서 많은 문제를 노출하고 있다. 예전 같으면 은퇴 후 사회적으로 어르신으로 존경받아야 할 고희를 넘긴 노인들이 기하급수적으로 늘어나면서 각종 노인성 질병은 물론이고, 가치관의 차이로 젊은 세대와 갈등을 유발하는 노인들도 늘어나고 있는 것이 현실이다. 따라서 지금은 노인들이 백세시대를 맞아 사회적으로 어떤 역할을 해야 하느냐도 중요한 문제로 부각되고 있다.

　그런 점에서 시인이 '고래희 망팔이 한창'인 현실을 직시하며, '동안이라 우겨도 어림없는 꼰대'라는 것을 인정하고, '나이를 사랑'하며 나이에 맞는 역할을 해야 한다고 자각하는 삶의 자세는 절로 존경을 표하게 한다. 백세시대를 맞아 은퇴 후 안분지족의 자세로 시를 쓰면서 자기수양은 물론이고, 가족을 포함한 가까운 이들과 소통하며 긍정적인 에너지를 심어주는 시인의

삶은 백세 시대를 열어가는 모든 이들에게 좋은 귀감
으로 다가온다.

얼어붙은 강섶에
생각이라는 은유의 가슴으로 흔들리고 있다
마음은 삭풍의 한계에도 늘 목이 마르다


바람 잘날 없는 저항이 주어진 운명이며
쭉정이 몸짓을 고행이라 않는다
굽은 허리로도
뿌리의 깊이를 헤아리지 않는다


꽃술에 감추어 놓은 혹한의 의지는
꺾이지 말아야 할 동그라미의 믿음이다


여럿이 부르는 순정의 노래도
저 혼자의 소리로는 아우성일 뿐이다
군무의 서걱거림은 털리고, 떨어진
그루터기 영혼들을 향한 장엄한 묵상이다.

- '겨울 갈대' 전문

이제 '겨울 갈대'를 볼 때마다 시인이 뿌리 내리고 있는 이천 단월동 단드레 마을에서 여유로운 삶을 실천하고 있는 산방시인이 뇌리에 스쳐갈 것이고, 그때만이라도 시인을 귀감으로 삼아 어떻게 사는 것이 백세시대를 잘 사는 것인지 절로 되새겨보게 되지 않을까 싶다.

본능 속의 동그라미는 이상이었다
촘촘히 시간을 새기려 했던 나이테가
빛과 어둠의 간극으로 멈칫거린다
새로이 가야하는 길이 안타까울 이유는 없다
연륜의 눈이 긍정으로 바라보는 창을 달았으니
주어지는 시간의 여백은 여정 속의 그늘이 되어
풍경화의 명암을 완성하는 물감이 될 것이다
묵향과 언어의 신비를 품어줄 자리
한 그루 향나무로 서 있어서….
치열하게 흘린 땀의 궤적들을 씻어내고
흘러가는 구름, 산 그림자 붙들어
새소리 물소리 바람소리 함께하여
저녁으로 돌아가는 노을을 만나고 싶은 곳
로뎀파크에 쉼표를 새겨 놓았다.

- '로뎀파크에서 쉼표를 새기다' 전문

로뎀파크는 용인시 처인구에 자리 잡은 수목장이다. 시인은 시대가 바뀌면서 매장문화가 후손들에게 짐으로 이어진다는 것을 알기에 수목장을 결심했다고 한다. 살아있을 때도 그렇지만 사후에도 깨끗한 모습으로 쉼표를 찍으려는 시인의 아름다운 마음이 잘 담겨 있다. '새로이 가야하는 길이 안타까울 이유는 없다/ 연륜의 눈이 긍정으로 바라보는 창을 달았으니'에서 시인의 시편들이 한결같이 따뜻하게 가슴을 녹여주는 이유를 알 수 있겠다.

　　죽음은 슬픈 일이 분명하지만 자연의 순리인 만큼 슬퍼할 일만도 아니다. 죽음마저 긍정적으로 받아들여 '묵향과 언어의 신비를 품어줄 자리'를 준비하는 시인의 노래가 아름답게 귓가를 스치는 듯하다.

■□ 후기

　사람의 축약이라는 삶이 소망을 쉬이 허락해 주지 않았기에 오래 전부터 시는 나의 마음속에 숨어들어 결핍을 지배하며 감성을 누르는 유배지로 살았다. 청춘을 용기로 가족과 함께 고향을 버리고 황무지의 개척자로 사는 일에 매진하였기에 자신의 내면을 들어내어 열정을 영혼의 출구로 이끌어 내고 싶은 욕구는 사치에 불과했었다.

　가보고 싶은 곳은 길 위에 길을 내며 찾아가게 될 것이라는 믿음이 있었던 까닭일까, 쌓아온 연륜을 모두 내려놓고 자연과 함께하는 귀촌을 선택했었다.올해로 20년을 맞이한 경기도 이천의 단드레 산방은 채워서 비우는 곳이 아니라 비우며 시로 담아 치유를 구현하는 쉼터가 되었다.

　미당 선생님이 말씀하셨다.
　"시란 한 시인의 자기형성 과정에서 무시로 탈피해 던지는 낡은 허물 같은 것이다."

네 번째 시집을 상재하기까지 즐거워하며 가치의 소신을 지켰노라 자부한다. 감추거나 부족하거나 외롭다거나 서러울 것 없이 창작을 통하여 불편한 기억들을 초기화시키며 정서의 여백으로 여유로울 수 있어 더욱더 행복하다. 격려를 아끼지 않아준 아내 김정희 씨와 가족과 여러 문우들에게 감사드린다.

2021.
이천 단드레 산방에서
임규택

소통과 힐링의 시 22

# 주어진 날들이 물처럼 흘러가기를

**초판 인쇄** | 2022년  1월  26일
**초판 발행** | 2022년  1월  28일

**지은이** | 임규택
**펴낸곳** | 출판이안

**펴 낸 이** | 이인환
**등    록** | 2010년 제2010-4호
**편    집** | 이도경, 김민주
**주    소** | 경기도 이천시 호법면 단천리 414-6
**전    화** | 010-2538-8468
**인    쇄** | 세종피앤피
**이 메 일** | yakyeo@hanmail.net

ISBN : 979-11-85772-89-9 (03810)

값  11,500원